AF452195

Les
Joyeusetez

Facecies

Et Folastres Imaginacions

de

Caresme-Prenant Gauthier-Garguille
Guillot-Goriou Roger-Bontemps
Turlupin Cabarin Arlequin
Moulinet etc.

Et se vend

Chez Techener libraire

Tenant sa boutieque Place du Louvre.
MDCCCXXXIII.

SOIXANTE ET SEIZE EXEMPLAIRES.

IMPRIMERIE DE FIRMIN-DIDOT FRÈRES.

LIMINAIRE

DES

TROIS BIBLIOPHILES.

Outre son extréme rareté, ce petit vo-
lume a plusieurs genres de mérite; il est
à la fois historique, poétique et érotique;
il est l'expression de tout un siècle, et ce
siècle fut celui des grands désastres et
des grandes aventures, de la renaissance
des lettres, et de la captivité de Fran-

çois Ier. Sous ces divers points de vue **La fleur des Chanſons** se recommande à la curiosité des amateurs. Il y a dans le choix des sujets une variété toute française. A côté d'une plainte amoureuse, vous trouvez un chant de guerre; une chanson grivoise succède à un hymne de victoire, et c'est en chantant les prouesses de leur roi que nos soldats se consolent des trahisons de Pavie!

Rien de plus touchant que la chanson consacrée, non par les barons, mais par les soldats ou par le peuple, à cette fatale journée. En parlant des traîtres, l'auteur s'écrie :

Le noble roi de France ils ont abandonné.

En parlant de La Palisse et de La Trimoille, qui se battaient auprès de

François Ier, il laisse échapper cette plainte sublime dans sa naïveté :

N'est-ce pas grand dommage, ils y sont demeurés !

Mais la chanson originale de François Ier a quelque chose de supérieur qui frappe d'admiration : c'est le cri d'une grande ame qui domine la fortune. Point de plaintes contre les traîtres, point de regrets de ses grandeurs perdues. François Ier dans les fers, voit l'adversité comme un roi voit ses sujets ; il la domine, elle n'a pu enchaîner que son corps, son ame est restée libre !

Dont je me tiens du nombre des contens,
Car étant libre , elle est récompensée !

Qui ne serait ému en lisant de pareils vers ! Quelle simplicité dans l'expression, et quelle fierté dans la pensée. Il y a là un commentaire sublime du mot fameux : Tout est perdu fors l'honneur! Nous savons que ce mot a été nié par des écrivains qui se croient quelque chose toutes les fois qu'ils peuvent rapetisser ce qui est grand ; mais les vers existent, ils sont sublimes, qu'ils les nient donc, ou qu'ils reconnaissent un grand homme!

Dans le nombre des pièces historiques qui composent ce Recueil, on remarquera encore la chanson de la défaite des Luthériens, par le duc de Lorraine, la chanson des aventuriers de Pierre de Navarre, et la chanson de Rome consacrée au connétable de Bourbon, mort sous les murs de cette ville.

Un coup d'artillerie

Fut son dernier remort

dit avec énergie le chansonnier; et ces deux vers, chantés dans toute la France, prouvent que le peuple pensait sur Bourbon, comme Bayard.

Nous nous arréterons peu sur les chansons amoureuses qui sont pour la plupart pleines de grace et de naïveté : En voici une que nos meilleurs chansonniers pourraient envier au seizième siècle.

Puis qu'ainsi est que je n'ai plus d'amie
Et qu'à jamais en est la départie,
Je dis qu'amour n'est que peine et tourment.
    On y acquiert tant seulement
Deuil, soucy, courroux, mélancolie.

Cil qui s'y met n'aime pas fort sa vie !
Mieux lui vaudrait aller en Italie
Jetter son corps à la pluie et au vent,
Gésir sans lit, avoir faim, froit souvent,

Que s'adonner à telle rêverie.

Il met son cœur en grande fantaisie,
Le plus souvent en chagrin, jalousie;
Moqué, raillé, gaudi de toutes gens
Et toujours fault (manque) de l'or ou de l'argent;
Ou l'amour fault, ce n'est pas moquerie!

J'ai trop aimé, je connais ma folie
Je m'en repends, jamais n'aurai envie
De me livrer en amour nullement
Pourquoi je dis ce mot tant seulement:
Adieu vous dis, celle qui fut ma mie.

Ce petit volume manque dans toutes les bibliothèques publiques. Il y a dix-huit ans qu'on ne l'a vu passer dans les ventes, et c'est seulement en 1828 que nous avons pu nous le procurer à Londres. L'exemplaire dont nous reprodui-

sons aujourd'hui le fac-simile, fut vendu chez M. Langs 150 francs. Nous y joignons deux pièces historiques qui le complètent, et qui sont d'une si grande rareté que nous ne nous souvenons pas de les avoir jamais vues indiquées dans aucune bibliographie.

La fleur des chansons.

 **Es** grans chansons nouuelles qui sont en nombre Cent et dix, ou est comprinse la chanson du roy, la chanson de Pauie, la chanson que le roy sist en espaigne, la chanson de Romme, la chanson des Brunettes et Te remutu, et plusieurs aultres nouuelles chansons, lesquelles trouueres par la table ensuyuant.

CEs facheux sotz qui mesdient daymer
Sans en auoir la congnoissance
Ie vous iure ma conscience
Quilz ont grant tort dung tel plaisir blasmer.
¶Si ne veullent ou ne scauent aymer
Et damours nont eu la congnoissance
De leur mal prenent patience
Silz ont laisse le doulx et pris lamer.
¶Ou aultrement silz veullent diffamer
Et a blasmer prendre plaisance
Certes tel est mon ordonnance
Quon les fasse tous getter dans la mer.

Chanson nouuelle.

AIdez moy tous a plaindre gentilz auan-
turiers
Aydez le moy a plaindre le noble roy Francoys
¶Cest vng noble sire par tout a triumphe
Le nonpareil en armes tant a cheual que a pied.
¶Le iour sainct Mathias ce noble cheualier
Auanturiers estoyent en armes ce iour pour
diffiner.
¶Nous le deuons bien plaindre le noble roy

Francoys
Sur tous seigneurs du monde plus gentil et
Courtoys
❡ Mauldictz soyent les traistres qui lont
abandonne.
En faict de villennie tousiours si sont monstre
❡ O la faulse canaille ilz ont le roy trompe
Au point de la bataille nont point voulu frappe
Le noble roy de france ilz ont abandonne.
❡ Monsieur de la Palisse la Trimoille aussi
Estoyent nobles gensdarmes noblement ont
Frappe
Pour toute reconpense ilz ont leurs iours fine.
❡ Auanturiers de france et aussi lansquenetz
Entrerent en bataille vaillamment ont frappe
Nest ce pas grant dommaige ilz y sont demeurez.
❡ Princes seigneurs de france et nobles che-
ualiers.
Ayez en remembrance les nobles trespassez
Ayez en souuenance le noble roy francoys.
❡ Gentil duc Dalbanie si fusse a la iournee
Le noble roy de france ny fust pas demeure.

vj

¶ Chanson nouuelle faicte et com-
posee par le roy nostre sire Francoys premier de ce nom, luy estant
a Madrige en Espaigne.

SI la fortune et la diuersite
Se reioinct, voyez laduersite
En triumphant sur la prosperite
        Estre vaincue.

¶ Voyez aussi que la verite mue
En ferme cueur nest iamais abatue.
Par trahison, que en luy est congnue
        Auec le temps.

¶ Dont ie me tiens du nombre des contens
Bien que ie naye eu ce que ie pretens.
Si congnois ie la fin que ientens
        En ma pensee.

¶ Que par prison rien nen est offensee
Car estant libre, elle est recompensee
Faisant la fin destre recommencee
        Pour me finer.

Car lon ne peult lesperit confiner
Soubz nulle loy, ny son vouloir muer

vij

Mais a la preuue lon ne peult affiner
    En peine dure.
¶Que est plaisante a celluy qui lendure
Car la menasse est celle qui lasseure
Cueur resolu, daultre chose na cure
    Que de lhonneur.
¶Le corps vaincu, le cueur reste vaincueur
Le trauail est lestime de son heur
Ce seul vouloir ne congnoist nul malheur
    Qui ne mesprise.
¶Donc ie conclud; heureuse est lentreprise
Que rend fortune indigne de surprise
Par fermete qui vault bien quon la prise
    Or en iugez.

JE veulx prendre conge damours
Car nuyt et iour suys en soucy
Peine tourment dueil et ennuy
Car pour vng bien mille doulours.
¶Compter ne saroys les faulx tours
Que par amours iay iours et nuyt
Receu, car iay pour vng deduyt
Mille regretz qui sont trop lours.
          A iiij

viij
¶Il me fault faire comme lours
Qui par courroux et par despit
Ronge ses ongles, vng tel respit
Jay quant ie voys tout plain de tours.
¶Hector, Sanson, aussi plusieurs
Silz eussent estez assaillis
Comme moy, le cueur leur eust faillis.
Car trop feruant ie suis en pleurs.
¶En brief me fault finer mes iours
Ilz feront cours sans cas ne sy
Si ne pouruoye a ce mal cy
Pourquoi ie prens conge damours.
Chanson nouuelle.
Les cheualiers preux de la table ronde
  Sont et feront tant quilz viuront au monde
Prestz en tous lieux pour secourir les dames
Dung vray desir et volunte parfonde.
¶Si malle bouche que le grant dieu confonde
Les veult blasmer par sa langue immonde
Alors verres soubdain courir aux armes
Les cheualiers preux de la table ronde.
¶Ils sont gentilz et de doulce faconde

Leurs haultain bruyt par tout pays redonde
En hardiesse couraigeux francz et fermes
Comme pilliers sans craindre nulz alarmes
Car amour tient en vigueur floribonde
Les cheualiers preux de la table ronde.

Aultre chanson.

POur auoir fait au gre de mon amy
Est il raison que ie soye diffamee
Ma renommee de beaulte separee
Et mon las cueur de tous plaisir banny
Pour auoir fait etc.

¶Dangier cruel mon mortel ennemy
Souuenteffois en maintz lieux ma blasmee
Mais cest a tort que iamais femme nee
Neust tant de maulx que ie nay de soucy
Pour auoir etc.

¶Tous les regretz delene nest que ris
Ny la guerre pour elle demenee
Ce nest quesbas du souspir de Medee
Considerez le dueil auquel ie suis
Pour auoir fait etc.

¶Semyramis qui tant ayma son filz

B

x

Meſſaline ainſi deſordonnee
Onc neut bon temps mais moy infortunee
En deſhonneur a grant tort ie languis
Pour auoir faict etc.
¶Vrais amoureux qui entendez mon cry
Souuienne vous de dido la treſbelle
Car comme elle et lucreſſe cruelle
La mort ie quiers mais elle veult venir
Pour auoir faict au gre de mon amy.

Chanſon nouuelle.

HElas ie ſuys ſi treſtant amoureux
Que vrayment ie natens que la mort
Mettre me puis auec les langoureux
Car en moy na ne ſoulas ne confort
Dont ne ceſſe   Par triſteſſe
Chanter en piteux ſon   O temptation.
¶Helas amours helas que tay ie faict
Pour quoi ainſi me traictes rudement
Tu le ſces bien veu que tu mas deffaict
Tout a vng coup pour ſernir loyaument
Mon corps, mon cueur   Dit par douleur
En tribulation   O temptation.

⸿Viuent aymans qui font les bien aymes
Ceulx qui ne font de viure nont talant
Donc ie conclus que naymeray iamais
Quoy que lon die, de faict ne de femblant
Car ie congnoys   A cefte foys
Tout neft quabufion   O temptation.

⸿Chanfon en fauoyfien.

Qvi vo oy vna chanfon
   Qua bon fon ce dift ton
Que fut faicta en vng vellago
Roffignolet.

⸿Que fut faicta en vng vellago
Ceft dung genty compaignon se dift ton
Que fen va veyre fa mia.   Roffignolet.

⸿Que fen va veyre fa mia
Ou fen va a chamberia tout de pia
Salua la compagnia.   Roffignolet.

⸿Salua la compagnia
Sere dieu vo don bon iour et a vous
Et a voftra bella filla.   Roffignolet.

⸿Et a voftra bella filla
Ie ne venin pas feian fey dedan

Ne par chanta ne par rire.   Roſſignolet.
¶Ne par chanta ne par rire
Mais vous venin demanda ſie vo pla
La plus bella de vos filles.   Roſſignolet.
¶La plus bella de voʒ filles
Vo luy darey cent eſcu et non plu
Sera por ſon mariago.   Roſſignolet.
¶Sera por ſon mariago
Vna cotta de turquin dau plu fin
Tailla ſur lo perſonago.   Roſſignolet.
¶Tailla ſur lo perſonago
Vna charua de bo blanc tutauant
Pour faire ſon laborago.   Roſſignolet.
¶Pour faire ſon laborago
Ie ſuis genty compaignon ſe diſt ton
Ie gagnary bin ſa via.   Roſſignolet.
¶Ie gagnary bin ſa via
Ie ioyo bin dau baton ſe diſt ton
De larbaleta iolya.   Roſſignolet.
¶De larbaleta iolya
Ie chaſſeri au pingon qui ſon bon
Sera per mey per ma mya.   Roſſignolet.

xiij
Chanson nouuelle.

DIeu gard de mon cueur la tresgente
Gente de corps et de fasson
Son cueur tient le mien en sa tente
Tant est prins dung ardant frisson
Son a pousse sur ma chanson
Cest de voix de harpe doulcete
Tel espoir qui soyt marrison
Songer my faict en amouretes.
¶La blanche columbete belle
Sen va sonnant, criant, breant,
Mais dessoubz la cotelle delle
My gette vng oeil friant riant
En my consumant et sommant
La douleur qui my face efface
Dont suys le reclamant amant
Qui pour aultruy passe et trespasse.
¶Dieu des amans delle me garde
En gardant donne moy bon heur
En le me donnant prens ta darde
En le dardant naure mon cueur
En le naurant ie seray seur

B iij

A ſeur ie prendray accointance
En accointant ſon ſeruiteur
En ſeruant iauray ioyſſance.
Gentil fleur de nobleſſe
Ou mon cueur ſe reſort
Par voſtre gentilleſſe
Donnes moy reconfort
Voſtre amour ſi me bleſſe
Nuyt et iour ſi treſſort
Vous my tenez rudeſſe
Las vous auez grant tort.
¶Vous eſtes belle et gente
Pour gens de bien ſeruir
Et aues la ſcience
De les entretenir
Dune choſe vous prie
Sil vous vient a plaiſir
Ceſt que ſoyez ma mye
Ie ſeray voſtre amy.
¶O cheualier beau ſyre
Pour dieu deportez vous
En toute compaignie

Vous me priez damours
Vous aymez sans partie
Sachez en verite
Si aultrement vous disoys
Vous seriez abuse.
¶Ie vous cuidoys tenir belle
Pour ma dame par amonrs
Sans vous estre rebelle
Mais vous seruir tousiours
Vous fussies ma maistresse
Et fusse vostre seruant
Mais iapercoy la belle
Que malles refusant.
¶Ie men voys en la guerre
En estrange pays
Loing de mes amourettes
Pres de mes ennemys
Abandonner ma vie
Pour viure ou pour mourir
Pour lamour de vous belle
Dont ie ne puys iouyr
¶O cheualier beau syre

B iiij

Ne vous courrouce pas
Quant viendres de la guerre
Repassez par deca
Manderay a mon pere
Et a ma mere aussi
Et ce qui len diront
Je la tiendray a dit.
¶Je men voys au boucage
La sus au boys rame
Ou feray penitence
Car il mest encharge
Plus naymeray ses filles
Elle mont abuse
Mais seruiray marie
Cest la mieulx a mon gre
JE demeure seulle esgaree
Auecques cent mille douleurs
Puis que mon amy ma laissee
Je nay passe temps que douleurs
Je my complains de mes malheurs
Puis que iay perdu mon amy
Et si ne lay pas deseruy.

Le bleu ie porte pour liuree
Mais ie le vueil laisser
Puis quelle ma sa foy faulsee
De noir ie me vueil abiller
Car point nest point de garder
Loyaulte ou il ny en a point
Le noir my vient trop mieulx apoint.

¶La chanson de Romme nouuellement faicte dela les mons au camp du marquis de Saluces.

PArlons de la deffaicte
De ces pouures rommains
Aussi de la complaincte
De nostre pere sainct.

¶Le vice roy de Naples
Par vng lundy matin
Appella le duc Charles
Sans faire grant hutin
Disant en la maniere
A bien petit de plaict
Suyuons tous la baniere
Car voicy nostre faict.

¶

¶Bourbon sans nul desordre
Si mist son cas a point
Gensdarmes mist en ordre
Chescun la lance au poing
Or marches donc gensdarmes
Sur tout ne creignes rien
Nayes peur des alarmes
Vous feray gens de bien.
¶Oyant ceste parolle
Lansquenetz Espaignolz
A chescun le cueur volle
Pour auoir bruyt et loz
Adoncques meintes places
Par tout ont assiege
Des ducas a grant taxes
Ont eu pour desloge.
¶Tout droit deuant Florence
Si se venoyent getter
Pour piller leur finance
Si leussent peu gruper
Le marquis de Salures
Auecques son armee

Ceur euſt chaſſe les puces
Si les euſt peu apper.
¶Du grant palays de Romme
Lembaſſade arriua
Quau pape diſt en ſomme
Que ia mal il naura
Sil vouloit faire trefue
Pour dix ou douze moys
En gettant hors de Naples
Tretous les bons francoys.
¶Le ſainct pere laccorde
Et ſes bulles ſella
De grans ſeaulx et de corde
Bien fort les cordela
Puis manda a grant haſte
Monſieur de Vauldemont
Gardes vous de la taſte
Allez oultre les mons.
¶Bourbon vint deuant Romme
Si amena ſes gens
Leur contant ainſi comme
Il entreroit dedans

En leur baillant couraige
Leurs promettans grans dons
Et aussi le pillaige
Pour pouures compaignons.
¶ Le pape si fist mettre
En armes les Rommains
Les priant de combatre
Contre ses ordz villains
La pour longue espace
Fut fort bien combatu
Espaignolz en la place
Demouroyent vaincuz.
¶ Quant Bourbon vit laffaire
Aller si meschamment
Il nest temps de retraire
Dist il tout haultement
Monta sur la muraille
En disant suyues moy
Ne men chault quoy quil aille
Tout est mien sur ma foy.
¶ En celle assemblee
Y demeura beaucop

De gens de renommee
Abatus par grans cop
Bourbon quoy que lon die
Il fuſt bleſſe a mort
Dung cop dartillerie
Fuſt ſon dernier remort.
¶Les Rommains ont la fuitte
De ce nen doubtes pas
Eſpaignolz ſi les luitte
Les tuant ſans compas
Au chaſteau de ſainct Ange
Sen fuyent par monceaulx
Le pape comme eſtrange
Et tous ſes cardinaulx.
¶Helas ſe diſt le pape
Que meſt il aduenu
Ie voudroys eſtre en terre
Quant me voy detenu
Par gens tant deteſtables
Pires que mamelus
Ilz ſont bien miſerables
Ieſus les rue ius.

xxij

¶O noble roy de France
Regarde en pitie
Leglise en ballance
Las elle en a mestie
Metz la hors de souffrance
Pour dieu ne tarde plus
Cest ta mere ta substance
O filz nen faictz reffus.

¶Chanson nouuelle.

En mes amours ie nay que desplaisir
Tout ce faict ennie que dieu mauldie
Et faulx rapport mesle de ialousie
Qui ont voulu desuier mon desir.
¶En une seulle iay mis tout mon plaisir
Quest de vertus et de beaulte garnie
Les mesdisans qui lont de moy bannie
Ne lont pas peu de mon cueur dessaisir.
¶Ilz mont donne de viure bon loysir
En languissant le surplus de ma vie
Son seruiteur il fault que ie le dye
Car ie ne puis en aultre lieu choisir.
¶Qui me mettroit en vne tour moysir

Et elle fuſt au parfond dytalie
Sans moy bouger ie luy tiens compaignie
Elle et mon cueur vont enſemble geſir.
¶Et ſi la mort me vient vng iour ſayſir
Le corps mourra le cueur ne mourra mye
Ou il fauldroit quelle mouruſt ma mye
Car il entra en elle ſans yſſir.
Elle ſen va elle eſt preſque perie
La grant amour dont la ſoloys aymer
Mais ie congnois que ſon cueur trop amer
Si mentretient en trop grant reſuerie.
¶Vng beau ſemblant remply de tromperie
Elle ma faict mainteſſoys preſumer
Que dans ſon cueur le mien vouloit fermer
Mais plus que vent cueur de femme varie.
¶Vng noble cueur qui eſt ſans facherie
Il doibt aymer ſans de crainte ſarmer
Et obeyr ſans que nul ſceuſt blaſmer
Au bon vouloir de lamant que lon prie.
Le cueur eſt mien qui oncques ne fut prins
Fors en lieu ou il faict ſa demeure
Et y ſera iuſques a ce quil meure

Car de nouueau ainſi la entreprins

¶Eſt il poſſible quil ſceuſt eſtre reprins
De tant aymer dune amour fort et ſeure
Faincte commune point ne len deſaſſure
Or deuines ſi amours lont ſurprins.

¶En court damours nourri fut et apris
Bien y apert ſa grace men aſſure
Et ſon parler queſt si treſbien meſure
Que mieulx ny a en ce monde pourpris.

¶Par terre et mer ſans nul mettre a deſpris
Viue celuy qui tant a lamour ſeure
Que datropos mieulx vauldroit la morſure
Quen faulſe amour il euſt eſte repris.

¶Puis doncqves que en toy tant de biens
ſont comprins
En eſperant que amours me ſecoure
De toublier pour quelque temps quil coure
De te changer ie ne lay point aprins.

Chanſon nouuelle.

ESt il conclus par vng arreſt damours
Que deſormais ie viue en deſeſpoir
Et ſans mercy iamais nauoir ſecours

Combien que en amour feiſſe mon debuoir
Ceſt ieuneſſe   Qui ne ceſſe
Me couurir de noir
Par triſteſſe   Et rudeſſe
Comme lon peult veoir.
¶ Mort ſus mes piedz comme ne ſuis ie pris
En grant douleur que ne ſuis ie tranſi
O pouure cueur que nes tu fendu
De la douleur que as ſouffert iuſques yci
Par contrainte   Suis attainte
De chantter cecy   Or ſans fainte
Ie augmente   La douleur de my.
¶ Le cigne chante predeſtinant ſa mort
Et le phenix bruſle du feu qui faict
Auſſi fay ie dont ma mye en a tort
Combien que delle ma mye ie en ay faict
Las ma mye   Ie vous prie
Que mon cueur rendez   Ou qui meure
Sans demeure   Puis que le voulez.
Viuray ie touſiours en ſoucy
Par vous ma treſloyalle amye
Si vous naues de moy mercy

D

Ie languiray touſiours ſans ceſſe
Voſtre beaulte Ma arreſte
Par ſon ſeruant De treſbon cueur
Son ſeruiteur Me voys nommant.
¶Ie lay aymee et laymeray
Pour le grant bien qui eſt en elle
Et iamais ne lobliray
Par quelque choſe que ce ſoit
Car ſon maintien Et entretien
Eſt ſi plaiſant Que langoreulx
Seroit ioyeulx Incontinant.
¶Vng iour luy dis tout doulcement
Selle vouloit eſtre mamye
Elle ma dit tout en riant
Il vous vauldra ie vous affie
Mais diſcret Saige et ſecret
Soyez touſiours Vous paruiendrez
Et ioyrez De vos amours.
Puis quen amours a ſi beau paſſe temps
Ie veulx aymer chanter dancer et rire
Pour reſiouyr mon cueur que deult martyre
Vela le point et la fin ou ie tends.

Si iay lamour de celle ou ie pretens
Croyez quennuy ne soucy quest le pire
Naura iamais puissance de me nuyre
Car ie seray du nombre des contens.

FOrtune laisse moy la vie.
Puis que tu as prins tous mes biens
Ie te declaire quilz sont tiens
Mest doncques fin a ton enuie.
Helas nes tu point assouuye
De tourmenter moy et les miens
Qui nont vers toy messaict en riens
Mest doncques fin a ton enuie.
Helas ie susse bien ta mye
Mais tu my traictes rudement
Et ie te ayme parfaictement
Par toy ie fineray ma vie.

DAmours ie suis desheritee
Complaindre ie ne scay a qui
Helas iay perdu mon amy
Seullette suis il ma laissee.
Ie luy auoys mamour donnee
Mais par la mauuaistie de luy

Helas il sen est deffaisy
Trop rudement il ma laissee.
¶Ie my tenoys toute asseuree
De auoir faict vng bel amy
Helas iay lourdement failly
De mestre si mal adressee.
¶Helas ie fuz mal conseillee
Quant a laymer me consenty
Helas ie luy fis ieu party
Dont il ma mal recompensee.
¶A lappetit dune affetee
Qui sans cesser mesdit daultruy
Helas ie suis mise en oubly
Et de luy bien mal estimee.
CEst boucaner de se tenir a vne
Le change est bon ainsi comme lon dit
Parquoy iordonne que lhomme aura credit
Qui changera tout ainsi que la lune.
¶Il ne tiendra foy ne promesse aulcune
Et si aura son dit et son desdit
Mais sil se treuue quelque foys escondit
Il nen debura en rien blasmer fortune.

¶Sil est ayme de dame noyre ou brune
Mais quil y soit one heure il luy souffit
Car lune pleure lautre trop dit ou rit
Lune est facheuse et lautre importune.

Vne bergerotte pres dung verd buisson
Gardant brebiettes
Auec son mignon
Luy dist en bas ton   et hon
Vne chansonnette
Et lamybaudichon.

¶Adonc la fillete de teneur print son
Et robin gringotte ung dessus tant bon
En disant a bas ton   et hon
Notte contre notte
Et lamybaudichon.

¶Robin taste motte luy leua son pellisson
Par dessoulz sa quotte luy tasta son con
Qui luy dist chanton   et hon
Notte contre notte
Et lamybaudichon.

Ma bien acquise ie suis venu icy
plain de voloir pour vous venir seruir

Car comme ſcauez Que promis auez
De my faire vng bon tour
Se ie nay de vous Quelque bon ſecours
En dangier ſuis de mort.
¶ Nauras tu point de ton amy pitie
Qui nuyt et iour vit en aduerſite
Touſiours attendant
Ton allegement Et ta grande amytie
Il eſt mal content Et auſſi dolent
De quoy tu las laiſſe.
¶ Ie lay ayme leſpaſſe de huyt ans
Et ay eſte touſiours ſon bien ſeruant
Mais oncques ne fuz Pour faire abuz
Ne cas qui fuſt meſchant
Ne oncques ie neus De toy que refus
Soucy peine torment.
¶ Si lon ma mis quelque cas en auant
Et ſon ta dit que ie ſoye meſchant
Doy ie eſtre banny Deſtre ton amy
Par les faulx meſdiſans
Ils ont bien menty Car ie tay ſeruy
Touſiours inceſſamment.

¶Je lay aymee en tout parfaictement
Et si luy ay este toufiours son bien seruant
Et si le seray   Tant que ie viuray
Maulgre les mesdisans
Je le dis pour vray   Point ne changeray
En contre tous viuans.

POuures amoureux qui vont de nuyt
Qui vont de nuyt
Sans de dame le saufconduyt
Sont en grant dangier de la mort
Homme qui ny prendroit plaisir.
¶Aucunessois sus la minuyt
Ny vient au cueur quelque remort
Que de douleur, que de tourment
Que iay au cueur
Il me sauldra euanouyr
Le cueur my bat, et my debat
Amours mont mys du tout a plat
Il me sauldra bien tost mourir.
¶Si me conuient par vous mourir
Je feray ensepuelir   La ou vous demeurez
Et si feray mon cueur pourrir
D iiij

Tous ceulx qui my verront gesir
Comment lauez dechasse
Pleurant, chantant, piteusement,
Ciront atant, reconfortez a son huys.

TOus les regretz que iamais furent au
monde
Venez vers moy quelque part que ie soye
Prenez mon cueur en sa douleur parfonde
Et le fendez que sa dame le voye.

¶A quoy tient il quen desespoir ne fonde
Quant my souuient du bon temps que iauoye
Heureux iestoye le plus qui fust au monde
Ie prie a dieu que mon mal se fournoye.

¶Venez regretz et mostez de ce monde
Puis quay perdu celle qui tant iaymoye
A vous me rendz du tout ie mabandonne
Prenez mon cueur que iamais ne le voye.

¶Mon cueur fera tourner seyne gironde
En contremont des larmes qui lermoye
Et sen yra tout nageant parmy londe
Iulques a tant que sa dame reuoye.

¶O cupido en qui plaisance habonde

Je te supply remetz mon cueur en ioye
Ayde a passer le mal de cestuy monde
Iusques a tant que sa dame le voye.

La chanson nouuelle faicte par les
auanturiers estans a la iournee de
Pauie du noble roy de France, Sur
le chant Gentil fleur de noblesse.

Noble roy de France
Tant ayme et requis
Des nobles la substance
De vaillance le pris
Ung chacun te guemente
En te plaignant tressort
Prens du cas patience
En prenant reconfort.
¶ Se fut deuant Pauie
La se fist la iourne
Despaignolz trente mille
Il auoit tous arme
Des lansquenetz grant suyte
Il furent amene
Oultre ceulx de Pauie

E

Qui deffus ont donne.
¶Deffus les bons Francoys
Se font venu getter
Preparant leurs harnoys
Pour du tout les greuer
En vfurpant leurs droys
Quanoyent en la duche
Dieu fouffrant et courtoys
Le leur vendra bien cher.
¶Le roy en la bataille
Si na point recule
Frappant d'eftoc et de taille
Sans nully efpargne
Mais affin que ne faille
Je vous dis verite
Troys cheuaulx de paraige
Soubz luy furent tue.
¶Dieu vueille auoir lame
Des nobles trefpaffez
Qui ont paffe la lame
Dont leurs iours ont finez
Sa efte fans diffame

Car bien ſi ſont porteȝ
Prions dieu noſtre dame
Qui les vueille ſaulueȝ.
¶La fleur de nobleſſe
Y monſtra ſon effect
Si treſfort quen la preſſe
Ont eſteȝ prins de fect
Mauldit ſoit qui ne ceſſe
Procurer trahiſon
Ceſt denuie le ſexe
Qui promet ce guerdon.
¶Qua faict la chanſonnette
Ce ſont gentilȝ galans
Queſtoyent en la deffaicte
Bien marris et dolens
Voyant le Roy leur maiſtre
Combatre vaillamment
Mais par gens deſhonneſte
Fut laiſſe lachement.
Pls ne me peult venir
Que ſoye iuſques icy
De voſtre ſouuenir

Ie vis en grant soucy
Et suis loing de mercy
Traicte si rudement
Vostre cueur endurcy
My donne ce torment.
¶ Conge mauez donne
Et par vous ie l'ay prins
Ie suis habandonne
Et si nay rien mesprins
Mon cueur auez surprins
Le tenant en vos las
Tout ce que iay apprins
Cest de crier helas.
¶ Retirez il me fault
Voyant vostre vouloir
Daymer plus ne men chault
Ien ay faict mon debuoir
Et puis apperceuoir
Que voules departir
Par vng aultre que moy
Ien suis bien aduerty.
¶ Vous my feries plaisir

De my rendre mon cueur
Ie nay aultre plaisir
Car il vit en langueur
Et tout par mon malheur
Qui croit incessamment
Ie mourray de douleur
Faisant mon testament.

¶ Que feront amoureulx
Qui viendront apres moy
Qui soyent plus heureux
De maintenir leur foy
Et mieulx que ie ne foys
Qui facent leur prouffit
Au boys rendre men voys
Banny de tout credit.

QVi la dira la douleur de mon cueur
Et la langueur que pour mon amy porte
Ie ne soustiens que peine et douleur
Iaymeroys mieulx sans espoir estre morte.
¶ Pour bien seruir ie suis pleine de pleur
A mon coucher ie nay qui me conforte
Mon visaige ne tient plus sa couleur

Cest pour mourir qui na ou se deporte.

¶Vrais amoreulx soffrent beaucoup de maulx
Par faulx raportz ilz ont de douleurs mainte
Ils nosent dire leur pensement loyaulx
La bonne amour ne va iamais sans crainte.

¶.Or pleust a dieu pour mon bien aduenir
Que vous et moy fussions couchez ensemble
Dedans vng lict pour nous y resiouyr
Se me seroit ung grant bien si me semble.

¶O cupido comme prens tu plaisir
Nos cueurs noyer par si grande souffrance
Sans nous donner aulcunement loysir
Destre assemble pour parler a plaisance.

JE me repens de vous auoir aymee
Puis quaultrement nauez voulu mon bien
Nauez voulu mon bien
Et que iamais vous ne me fistes rien
Chose qui fust au gre de ma pensee.

¶Long temps ya que ie vous ay aymee
Cupdant tousiours garder vostre renom,
Garder vostre renom
Mais bien scauez enuers les compaignons

Vous excufer, vous ne valez qua faire la buee.

¶Impoffible eft a creature nee
De tant aymer chofe qui neft pas fien,
Chofe qui neft pas fien
Quant lung fen va fubit lautre reuient
Amours fen vont, amours fen vont
Comme fait la roufee.

¶Juge loyal qui fcauez ma penfee
Je vous fupply et requiers humblement,
Et requiers humblement
Que enuers ma mye facies appointement
Affauoir mon, affauoir mon
Selle a fa foy faulcee.

¶Vuydez dehors orde vieille rufee.
On congnoift bien a voftre habillement,
A voftre habillement
Que rien ne faictes fi nauez de largent
Mais pour argent, mais pour argent
Fourniriez une armee.

¶Sil aduenoit que fuffiez attrappee
De la gorce si trefamerement,
Si trefamerement

Que lon vous dist, ma dame allez vous en
Allez ailleurs, allez ailleurs
Humer voftre puree.

        ¶ Chanfon nouuelle.

AU boys de dueil a lombre dung foucy
   Aller me fault pour paffer ma trifteffe
Remply de dueil dung fouuenir tranfy
Manger me fault maintes poires dangoiffe
Dans vng verd pre couuert de noires fleurs
De mes deux yeulx feray ung lict de pleurs
Fy de lyeffe, ma hardieffe,
Malheur me preffe puifque iay perdu mes amors
Las trop iendure, ie vous affeure
Le temps my dure
Soulas vous ñauez plus de cours.
¶ Onc Pyramus ne fut fi fort emprins
De la beaulte de la belle Tyfbee
Ne Narciffus combien que mort en print
De la beaulte par lui trop contemplee
Iamais Vienne nayma autant Paris
Comme celle ou iauoye mon cueur mis
Elle eft mignonne, gente perfonne

Plaisante et bonne, par qui ie dure aduersite
Et en langaige, plaisante et saige
Riant visaige, des dames la fleur de beaulte.
¶Venez regretz venez tous en mon cueur
Venez y tous car mon cueur vous delaisse
Venez soucys venez larmes et pleurs
Venez tous ceulx qui vrays amans oppresse
Puis que ay perdu la noblesse et la fleur
Par qui iendure tant de mal en mon cueur
Dont fault que fine comme le cygne
Chantant pour signe quant il sent sa mort approcher
La mort me mine, ma ioye fine
Malheur domine
Vostre amour my coste trop cher.
JE my plains fort amours mont rue ius
Cest vng bruuage plus amer que vertius
Ie vous conseille a tous et si ne suis pas sage
Que daymer par amour cuiter le passage.
¶Ie ne dis pas quil ne faille aymer
Attrempement sans nul mal y penser
On y despent le sien, son or, et sa cheuance
Souuent on sen reuient mal content de la dance

f

xlij

¶ Homme mortel ne scauroit estimer
La grant douleur qui vient de trop aymer
Naymes pas trop amans
Aymez de bonne sorte
Aymer sans estre ayme cela me desconforte.
¶ Ma chere dame ayez de moy mercy
Car cest pour vous que ie vis en soucy
Et vous souuiegne aussi que ma plaisance
est morte
Et mostez de soucy, car soucy si est vostre.
A My souffrez que ie vous ayme
Ne me tenez celle rigueur
De me dire que vostre cueur
Souffre pour moy douleur et peine.
¶ Si pour moy auez de la peine
Ie ay pour vous moult de douleurs
Mais ie les repute a valeurs
Pensant damy estre certaine.
¶ Ie pense maintz iours la sepmaine
A vostre bruyt, grace et valeur
Dieu vous en fut large donneur
Qui grande ioye au cueur me maine.

xliij

¶ Chanson nouuelle sur le chant
Helas dame que iayme tant.

L'On faict lon dit en parlement
Chascun en dit son oppinion
Lung en dit mal laultre sen vante
Au monde na point dunion
Lon faict plusieurs relations
Deuant le monde iour et nupt
Mais ie vous dis par conclusions
Les brunettes portent le brupt.

¶ Les brunettes sont amoureuses
Et leur maintien est bien ioyeux
Et sur toutes les plus heureuses
Et celles qui ayment le mieulx
Lon dit que tout cueur curieux
Son entendement est estruit
Autant les ieune comme les vieulx
Les brunettes portent le brupt.

¶ Les rousses sont fort despiteuses
Ce nest pas signe vertueux
Vng peu de temps sont amoureuses
Et leur entretien dangereux

F ij

Et leur parler est furieux
Nul ny prent plaisir ne deduyt
Pourtant vous dis de mieulx en mieulx
Les brunettes portent le bruyt.
¶ Les rouges sont fort orgueilleuses
Et aussi fieres quung lyon
Vng peu de temps sont amoureuses
Mais coup a coup il sen defont
De courte tenue elles sont
Par tous les lieulx la ou il vont
Autant le iour comme la nuyt
Les brunettes portent le bruyt.
¶ Les blanches sont palles et vaynes
Et changent de couleur souuent
A tous de ces mots vous souuiengne
Pour les mettre plus en auant
Elles sont faictes a tous ventz
Nul ny prent plaisir ne deduyt
Pourtant vous dis doresnauant
Les brunettes portent le bruyt.
Puis quainsi est que ie nay plus damye
Que ie nay plus damye

Et qua iamais en est la despartie
En est la despartie
Ie dis quamours nest que peine et tourment
Peine et tourment
On y acquiert tant seullement, tant seullement
Dueil, ennui, soucy, courroux, melancolye.
¶Cil quil si met nayme pas fort sa vie
Mieulx luy vauldroit aller en ytalie
Getter son corps a la pluye et au vent
Gesir sans lict, auoir faim, froit souuent
Que sadonner a telle resuerie.
¶Il met son cueur en grande fantasie
Le plus souuent en changrin, ialousie
Mocquer, railler, gaudir de toutes gens
Et tousiours fault de lor ou de largent
Ou lamour fault, ce nest pas mocquerie.
¶Iay trop ayme ie congnois ma follie
Ie men repens iamais nauray enuye
De me liurer en amour nullement
Parquoy ie dis ce mot tant seullement
Adieu vous dis celle qui fut mamye.
　　　　　¶Chanson nouuelle.
　　　　　　　　　F iij

JE my leuay par vng matinet que iour
neſtoit mye
Ie me allay tout droit chanter a lhuys mamie
Tout auſſitoſt quelle ma ouy chanter
Elle a pour moy ſon huys ferme
Quon luy demande allez luy demander
Selle a pour moy ſon huys ferme.
¶Je ouurez moy voſtre huys ouurez
Ma doulce amye
Car il fait froit et ie ſuis nu en ma chemiſe
Si vous auez froit ſi tremblez
Car point pour vous mon huys nouueray
Quon luy demande etc.
¶Or me dictes mon bel amy fait il gelee
Nenny dit il en bonne foy il faict roſee
Sil euſt faict froit comme il ſouloit
A lhuys ma mye ie fuſſe mort de froit
Quon luy demande etc.
¶Il y a bien a beſongner a faire amye
Tel cuyde eſtre le mieulx venu
Qui ne leſt mye
Tel cuyde eſtre le mieulx ayme

xlvij

Qui damours est desherite
Quon luy demande etc.

JAy trop ayme le temps de ma ieunesse
Iay trop ayme ce quil nestoit pas mien
Par ma folye maintenant ie voy bien
Que iay ayme la partie qui me laisse.   bis
¶Adieu vous dis ma dame et ma maistresse
Adieu vous dis car il men fault aller
Dela les mons ie ne puis plus tarder
Car maintenant il faut que ie vous laisse.   bis
¶Gentilz galans qui hantez la noblesse
En chascun lieu pour dieu gardez vous bien
Des faulces femmes car nen vint oncques bien
Faictes leur bien et vous iourront finesse. bis
¶Vne iauoys qui mauoit faict promesse
Quelle maymeroit comme son propre corps
Elle a menty son plaisir en est hors
Vng iour viendra quelle cherra en vieillesse.
¶O Cupido, et Venus la deesse
Pardonnez moy se ie vous ai meffaict
Ie suys tout prest damender mon forfaict
Mais en effect elle ma faict rudesse.

F iiij

❡Chanson en sauoysien.

Aymez moy belle margot
Puisque vous ay tant aymat
Que ien suis deuenu fol
Ien ay perdu le parlat.
❡Si passez par dessus nous
Et ma mye belle margot
Si passez par chez nous
Ie vous donray a gouttat
Ie vous donneray de nos chous
Et de nostre beuf sallat.
❡Si vous voula dire vng mot
Et ma mye belle margot
Si vous voula dire vng mot
Ie vous donray des soullars
Des soullars de cuyr de bieuf
De vache rataconnatz.
❡Si vous voula faire vng coup
Et ma mye belle margot
Si vous voula faire vng coup
Merde ie ne le diray pas
Ie vous donray vng cotteron

Tout fourra de taffetas.

¶Aymez nous belle margot
Puisque vous auons tant aymade
Faictes nous vng bon chaudeau
Car nous sommes bien malade.

  ¶La chanson de la deffaicte des Lutheriens, faicte par le noble duc de
Lorraine et ses freres, auec layde de
leurs amys Francoys et Guerdoys
Sur le chant O bons francoys loyaulx et preux.

MEschans Lutheriens mauldis
Ne coures plus sur le pays
Du bon duc de Lorraine
Retournez dou estes partis
Et laissez les maulx infinis
Dont prenez si grant peine
Nales donc plus contre les loix
De mere saincte eglise
Si prins auez part de vos droys
De dieu cest la diuise.

¶Les lorrains auez assaillir

        G

Pour les faire du tout perir
En la secte meschante
Brule auez sans point mentyr
Villes, et chasteaulx demolir
En nombre plus de septante
Vous semblant que par vos charroys
Feriez a vostre guise
Dont perdu auez par troys foys
La iournee sans faintise.
¶ Le duc y estoit tout arme
Monte sur vng cheual barde
En belle compaignie
Et ses freres sans nul blasme
Au faict nont point este pasme
Auec leurs menie
Mais de couraige de Lyon
Frappant a toute guise
Dont Lorraine en a renom
Par tout iusque a Venise.
¶ Francoys au duc ont faict secours
Luy monstrant grant signe damours
Puis que de plusieurs terres

Sont venuz, amenant tabours,
Trompettes sonnans a leurs tours
Auec les hommes darmes
Qui ont bataille et deffaict
De cueur et de couraige
Si tresuaillamment que de faict
Leur part ont au pillaige.
¶ Ne parle lon point des guerdoys
Que tant y ont rompu de boys
Halebardes et picques
Debriser lont a leur harnoys
Que si tresrobustes estoys
Faictz par grant artifice
Par iour et nuyt ont combatu
Tresbien que on les prise
Lutheriens sont confondu
Dont dieu lont regracie.
¶ O bons francoys ne faictes pas
Courser vostre dieu pour ce cas
Car cest chose villaine
Prenez aultre part vos esbas
Sans point cercher ne hault ne bas

Lerreur lutherienne
Le temps viendra qui neft venu
Quaures a voftre guife
Voftre roy qui eft detenu
Et paix ie vous affie.

Jendras tu belle ton amy fecourir
Et le getter hors dune grant douleur
Le layras tu piteufement mourir
Sans luy monftrer quelque peu de doulceur
Par toy il meurt, ceft grant malheur
De toy aymer
Iamais ne peult changer couleur
Si non a toy penfer.

Par montz et vaulx ne ceffe de courir
Tant que fur luy ny a nulle couleur
Se tu ne viens de bref le fecourir
Tout fon viuant fera en grant langueur
Ceft bien mal faict, puifque meffaict
Ne vous a nullement
Il eft infect, palle et deffaict
Pour aymer loyaulment.

Viuons nous deux en plaifir et foulas

liij

Fuyons ennuys villains et malheureux
De nous aymer iamais ne foyons las
Et tous ialoux en feront defpiteux
De leur parler
Ne langaiger nen faifons nul femblant
Ceft grand danger que dy penfer
Ceft ta mort dung amant

¶ Chanfon nouuelle.

DE mon trifte defplaifir
A vous belle ie my complains
Car vous me traictes tout mon defir
Si trefmal que ie my plains

Entre vos mains	Souffre maulx mains
Sans nul confort	Dont fur ma foy
Comme apercoy	Vous auez tort.

¶ Voftre gracieulx acueil
Si a mon pouure cueur furprins
Qui fupporte peine et dueil
Ce que pas il nauoit aprins

Las il eft pris	Par le hault pris
Damour ardant	Portant le nom
Et le furnom	Dung attendant.

G iij

❡Trop me griefue la douleur
Du mal qui tant meſt amer
Car pour vous ie vis en langueur
Et du tout pour bien vous aymer
Las eſtimer   Amy nommer
Ne voulez pas   Pourtant ie dis
Que ie pourſuis   Le mien treſpas.
❡Sans auoir vers vous meffaict
Porter ie ne doy tel ſoucy
Prenez donc garde a mon effaict
Sans me vouloir ainſi hair
Cueur endurcy   Sans nul mercy
Mais par pitie   Vueillez choiſir
En ton plaiſir   Mon amytie.
❡Las quant ie ſeray treſpaſſe
Dictes a lentour du cercueil
Requieſcant in pace
Pour lamant qui eſt mort de dueil
De larmes et dueil   Faictes recueil
Qui ſoit eſcript   Si giſt le corps
Au ranc des mors   Damours preſcript.
        ❡Chanſon nouuelle.

DE bien aymer ie te iure
Que nully point ne my paſſe
Quant my ſouuient de ta grace
De te veoir le temps my dure.
Si fortune meſt contraire
Et ſur moy fort enuieuſe
Elle meſt ſi fort facheuſe
Qua mon gre ie nen puis faire.
¶ Iayme mieulx eſtre bergiere
Gardant brebis en patience
Que ribaulde mariee
En dangier de ma conſcience.
¶ Roſſignolet gorge doree
Ie te prie fays moy vng meſſaige
Et ten va dire a ma mye
Que ſon amour fort magree.

¶ Chanſon nouuelle.

TOus compaignons auanturiers
Qui ſommes partis de Lyon
Pour aller ſur la mer ſalee
Pour acquerir bruyt et renom
En barbarie nous irons

G iiij

Contre ces mauluais mecreans
Mais deuant que nous retournons
Nous leur auron donne mal an.
¶Le comte Petre de Nauarre
Du roi a la commiſſion
De mener ſur la mer grant guerre
Et amaſſer des compaignons
Le tour qui nous fiſt neſt pas bon
Car nous ſommes treſmal nourrys
Pour lamour du roy lenduron
Puys que la foy luy ont promis.
¶Nous en irons a la romaigne
Par deuant le pape Leon
Qui nous donra la pardonnance
Car autre foys ſerui lauon
Lannee qui vient nous eſperons
Que ſur la terre aura bon bruyt
Jamais ſur la mer nous myrons
Si rechappons ce coup icy.
¶Quant my ſouuient de la poulaille
Que mangier ſoulions ſur les champs
En vuydant barris et boteilles

En nous donnant du bon temps
Et noſtre hoſte allions batant.
Quant ne nous donnoit de bon vin
Cher nous eſt vendu maintenant
Manger il nous fault du biscuit.
¶Nous eſtions vingt et troys galeres
Au port de ligorne arriuez
Et ſi eſtions grant compaignie
Nauions ne maille ne denier
En iouant les cartes et les dez
Noſtre argent nous eſt bien failly
Les poulx que iauons amaſſez
De les tuer ceſt bon deduit.

¶Aultre chanſon.

POur auoir mys la main au bas
Vng peu plus bas que neſt la fente
Deuſſies vous eſtre mal contente
Quant vous voyez que ie meſbas.
¶Si ie meſbas et prens soulas
Auec ma dame et ma maiſtreſſe
Fault il mener ſi grant rudeſſe
Pour auoir mys la main au bas.

H

¶ Femmes font fouvent leur efbas
Pour mettre leur honneur en vante
Tout auffi toft que le vent vente
Ne parlez plus de telz efbas.

¶ Chanfon nouuelle.

SEcourez moy ma dame par amour
Ou aultrement la mort me vient querir
Aultre que vous ne peult donner fecours
A mon las cueur lequel fen va mourir
Helas helas venez le fecourir
Celluy qui vit pour vous en grant triftefse
Car de fon cueur vous eftes la maiftreffe.
Seruy vous ay mainte nuyt et maintz iours
Vous fuppliant a mes maulx fecourir
Mais iaperçoy quauez faict maint faulx
tours
Dont fans faillir ie fuis cuyde mourir
Mais fi riens vault prier et requerir
Armez vos yeulx de dueil et de triftefse
Et gettez hors voftre amy de triftefse.

¶ Chanfon nouuellement faicte
par une dame Dauignon.

Oicy la mort, voicy la mort
Qui tient mon cueur en laisse
Cest du regret que iay de mon amy
Ie meurs, helas ie meurs
Puis qui fault que vous laisse.
¶ O auignon, o auignon
Cite fleur de noblesse
Le mien amy las tu tien en prison
Ie meurs, helas ie meurs
Puis qui faut que vous laisse.
¶ Helas tu dors, helas tu dors
Et mon pouure cueur veille
Comme celle qui vit en marri sors
Ie meurs, helas ie meurs
Puis qui faut que vous laisse.

¶ Chanson nouuelle.

Qui diray ma plaincte
Pour auoir reconfort
Du mal dont suis attainte
Qui my griefue si fort
Si se malheur
Me dure longuement

Las ne scay que ie face
Si nay allegement.
¶ Mon pouure cueur ne cesse
Souspirer iour et nuyt
Suppliant sa maistresse
Las donnez moy respit
Elle ma dit
Certes vous abusez
Changes de fantasie
Pensez de moubliez.
¶ De la saille denfance
Ie fus son seruiteur
A son obeissance
Alors mys ie mon cueur
Mais sa rigueur
Ma tollu mon espoir
Dont ie pers patience
Quant point ne la renoys.
¶ Si iay prins conge delle
Pourtant ne laisseray
A porter sa querelle
Par tout ou ie seray

Tant que viuray
Mon cueur nen fera plus
Ny aultre ny a elle
Puis quelle ma faict refus.
¶Tant que seray au monde
Dame ne veulx seruir
Car voicy la seconde
La ou ie ay mon cueur mys
Mais si mourir
Me conuient en ce lieu
Elle ma faict responce
Parquoy luy dis adieu.

   ¶Chanson nouuelle en latin
   et en francoys.

LAngueo damours ma doulce fillette
 Dum video vos au verd boys seullette
Species tua ne moblie mye
Post quasi modo yrons sur lherbette.
¶Verno tempore florissant rosette
Et in aurora chante lalouette
Philomela dit en sa chansonnette
Non est clericus qui na sa myette.

¶Ero hodie en voſtre chambrette
Vobiſcum iouer ſil vous plaiſt blondette
Ludendo ſepe le ieu damourette
Multum dulcis eſt la choſe doulcette.
¶Et ſummo mane dune tartelette
De bono vino vous donray ieunette
Poſtea dicam adieu ma myette
Ego reuertam quant ſeres ſeullette.

¶Chanſon villaine.

Entre paris et la rochelle
Te remutu gente fillette
Il y a troys ieunes damoyſelles
Te remutu te remutu
Te remutu gente fillete te remutu
¶Il y a trois ieunes damoiſelles
Te remutu gente fillete
La plus ieune eſt ma myete
Te remutu te remutu etc.
¶La plus ieune eſt ma myete
Te remutu gente fillete
En ſon ſain a deux pommetes
Te remutu te remutu etc.

¶ En son sain a deux pommettes
Te remutu gente fillete
On ny ose les mains mettre
Te remutu te remutu etc.

¶ On ny ose les mains mettre
Te remutu gente fillete
Je la couchis dessus lherbete
Te remutu te remutu etc.

¶ Je la couchis dessus lherbete
Te remutu gente fillete
Je luy leuy sa chemisete
Te remutu te remutu etc.

¶ Je luy leuy sa chemisete
Te remutu gente fillete
Je luy bailly dessus ses fesses
Te remutu te remutu etc.

¶ Je luy bailly dessus ses fesses
Te remutu gente fillete
Troys foys luy fis la chosete
Te remutu te remutu etc.

¶ Troys foys luy fis la chosete
Te remutu gente fillete

Recommencez le ieu my haite
Te remutu te remutu etc.
❡Recommencez le ieu my haite
Te remutu gente fillete
Ie ne scauroys ie suis trop feble
Te remutu te remutu etc.
❡Ie ne scauroys ie suis trop feble
Te remutu gente fillete
Voicy du vin si voulez boyre
Te remutu te remutu etc.

❡Cy finissent plusieurs belles
chansons nouuellement
imprimees.

Chanson nouuelle de la iournee faicte
contre les Suysses pour le tres victorieux roy de France Francoys premier roy de ce nom avec la
ballade des Suysses sur
le champ de gen-
til promo-
guet.

Ballade

des

Suysses.

Qui vous esmeut Suysses
Venir contre la loy
Et branler droit voz picques
Contre vng si noble roy
Vous feistes le pourquoy
Aues perdu la gloire
Gens sans droit et sans foy
Iamais nauront victoire.

Orgueil et auarice
Vous ont rendu confus
Quant de paix et iustice
Auez fait les reffus
On cognoit les abus
Quaues fait contre France
Mais dieu qui est lassus

A

ij

En a fait la vengenec
Mal feiftes le deuoir
Attendu la richeffe
Que vous deuieʒ auoir
Pour tuer la nobleffe
De France qui vous bleffe
Et met en defhonneur
Gens faillans de promeffe
Jamais nauront honneur.

En criant France France
Entendites la voix
Et fantiftes la lance
Du noble roy Francoys
Que charga plufieurs foys
Sur vous destoc et de taille
Tellement que deux foys
Perdites la bataille.

Mieux eut valu la hayre
Pourter pour voʒ harnoys
Que crier haire haire

iij

Et mourir soubz voz boys
Le iour de saincte croix
On dira pour memoyre
Que contre les Francoys
Perdittes la victoyre.

En tout est abolye
La reputation
De vous en Italye
Et aultre nation
Le cardinal Syon
A failly à son compte
Mais pour solution
Apres orgueil vient honte.

Suysses et cantons
Bien estes escornez
Chantes en divers tons
Pour voz mors et cornez
Car bras testes corps nez
Furent hachez despee
Ceulx qui ne font pas nez

A ij

iv

Maudiront la iournee
Vous vous difies dompteurs
Des princes et des roys
Vous eftes grans vanteurs
Et fiers plain de defroys.
Trop vous ont les Francoys
Nourris et fupportez
Mais par le roy Francoys
Vous eftes bien domptez.

Francoys roy magnifique
Prince victorieux
Qui maint canon et picque
Auez veu de voz yeulx
Rendez graces aux cieulx
Dont vient toute victoyre
Toufiours feres heureulx
Se a dieu donnez gloire. Finis.

Ballade des Suyffes.

Villains vachiers belitres parfaitz
Qui vous nommes correcteurs de nobleffe

Recognoiez que ceulx vos liures fais
Par le vouloir diuin vous ont deffaictz
Gettans soubz piez votre orgueil et hautesse
Loys xi en main vous mist lespee
Cue au labeur estoit lors occupee
Vous iouuant aux belliqueux charroys
Charles apres et Loys nobles roys
Depuis vous ont tenus souz leurs enseigne
Et neantmoins pourchasses tous desroys
Au roy Francoys qui par cruel arroys
Vous a deffait en mortelle champaigne.

Ingratitude vous a charge vng faitz
De traison que vostre gloire abesse
Car en faignant traicter paix comme infectz
Meurtriers de foy et dhonneurs imparfaictz
Aues rompu pacifique promesse
Mais non obstant vostre force equippee
Auez trouue vng Cezar vng Pompee
Nayant attaint encor dans ving et troys
Saige, hardy ainsi comme ie croys

A iij

Digne de lotz plus qu'Artus de Bretaigne
Car tout ainsy comme vn Hector de Troys
Charchant les ranctz au perilleux destroiez
Vous a deffait en mortelle champaigne
Ne dictes plus par voz ditz contrefaitz
Ou il nous plaist la victoire sadresse
Car il vous a chastiez voz forfaitz
En deffaisant sans plus estre reffaictz
Vingt mil et plus gisans mors en la presse
Vostre fureur a par glaiue attrempee
Chary voz bruys et gloire dissipee
Dont par pitie ie vous conseille anchois
Que le haut roy .i. du nom Francoys
Charcher vous voise au cueur de la montaigne
Que luy criez mercy car ie congnois
Que auez pardon veu que ia son harnoiz
Vous a deffait en mortelle champaigne.

Villains sachez que selon diuin droitz
Con doit charcher la paix en tous endroitz

Et fouir Mars que lhomme naure eſt ſaigne
Mais fol ne croit tant quil a tous ſes droitz
Veoir le poues car le roy des Francoys
Vous a deffait en mortelle champaigne.

Rondeau.

Pres Marignan au camp saincte Brigide
Le roy Francoys vous brida dune bride
A trenche fille et ſi horible mors
Que bien vingt mille des voſtres y ſont mors
Et dauantage ainſi comme ie cuide
A tout cornetz ſans tabour et ſans guide
Eſtre cuidies des Francoys homicide
Mais grace a Dieu vous laiſſates les
corps   pres Marignan.

Villains il fault que la duche on vuyde
Et que nobleſſe a preſent y reſide
Car droit y a de ce soies recorps
Partes donc toſt ſans trompettes ne cors
Voz gens ſont mors giſans ſur terre humide.
                              A iiij

Contre les Roubars de drap dor.

Cest vng bas or nobleffe fans vertu
Vng corps fans cueur dhonneur tout deveftu
Poure de fait mais tres vaillant de bouche
Home ahonti qui ne doubte reprouche
Eftimant gloire auffi peu qu'vng feftu
Puifqu'eft batu premier que combatu
Dire comment le tout bien debatu
Que non fans caufe ie doubte et crains la touche
Ceft vn bas or que nobleffe fans vertu
Auant quauoir a nul le combat eu
Se veoir de cueur perplex et abatu
Soi pourmenant autour de lefcarmouche
Roi triumphant de proueffe la fouche
Neft ce pitie par ta foi quem di tu
Ceft vng bas or que nobleffe fans vertu.

Ci finift la ballade des Suiffes.

Le cry de ioye par noble victoire contre les traiſtres ennemis du roy de France auec le payement des Suyſſes et auſſi leſtimologye du nom du roy Francoys premier de ce nom.

Refiouys toy tres noble roy Francoys
Et fi recoys honneur et haulte gloire
Tu as acquis maintenant le congnois
Le bruit et chois par deffus tous les roys
Qui en arrois eurent oncques victoire
Dont la memoire en fera tant notoire
Que au territoire ou font tes ennemys
Ton hault regnon en honneur sera mys.

Par ta vertu, par ta force et proeffe
Et hardieffe a mis en defarroy
Les malvueillans contraires de nobleffe
Plains de rudeffe villains fans gentileffe
Faulx en promeffe ayans traiteux orroy
Oncques a roy Dieu ne fift tel octroy
Quen tel effroy fans ducas ni efcuz
Tes ennemis tu as ce iour vaincuz.

Ou eftez vous Suiffes diffame
Gens affamez plus que ne font beliftres
En ce iourdhuy vous eftes confommez
Mors affommes de defhonneur fommes
Et renommes de trahifon miniftres

B ij

Voz epitres vous faiſies par tes tittres
Meschans traiſtres qui dompties princes roys
Domptes vous a le noble roy Francoys.

Du tout en tout eſtez de ſoulas las
Tombes es las dune impotente atante
Voſtre ſecours dEſpaignolz parle bas
Tous leurs eſbas ſont mues en debas
Puis quan rebas ont prins abſante ſante
Leuvre preſente eſt a eulx trop doulente
Papa ne tante a point ny peult venir
Si tout clocques leur conuiendra mourir.

Eſcartes vous Suyſſes de noz champs
Comme meſchans ales coures venes
Cries pleures en de lieux de doulx chantz
Malheur ſerchans par milliers et par cens
De paix abſens traiſtres deſhordonnes
Vantes ſouffles roufles ou bourdonnes
Car eſtonnes vous eſtes ceſte fois
Davoir ſentu les couraiges Francois.

Vous vous nommes des princes les dompteurs
Et correcteurs par trop fiere deviſe

iij

De iuftice les adminiftrateurs
Com docteurs et des loys inuenteurs
Plus que recteurs qui fcience ont aprife
Puys de leglife auffi quant ie mauife
Toute guyfe deffenfeurs vous nommez
Mais traiftres gens eftez tous renommez.

Eftez vous dieux parfaitz ou demis dieux
Dyables fans ieux en baffe torritoire
Qui auez dit et efcript en mains lieux
Queftez tous lieux autant ieunes que vieux
Ou vous plaift mieux vous donnez la victoire
Linuentoire ou contraire eft notoire
Et deuez croire ou le dyable vous tient
Qua dieu tout feul ceft honneur appartient.

Et penfez vous que gardeux de pourceaulx
De vaches veaux coquins et maloftrus
Comme vous tous qui portez gros houpeaulx
De grans plumeaulx fur bonnez et chapeaux
Par vous rapeaux en foye dhonneur crus
Pour le furplus on cognoift voz abus
Car de biens nulz eftes en vos prouinces
Telz gens que vous ne dompteront les princes.

Traiſtres meſchans qui guerre affinez
Et ne finez de forger gros diſcors
Comme obſtinez maintes terre mynez
Puis ruynez peuples perſecutez
Et tourmentez les ames et les corps
Tous vous records ſont de traiteux acords
En rompes cors vous aues beau corner
Car iuſte et droict vous ſera eſcorner.

Le noble roy voulant la paix trouuer
Et pour ſauluer effuſion de ſang
Il apointa et vous aliez couuer
Pour recouurer et faſſon controuuer
De deſrober largent ie le dis franc
Le bis et blant voulez toute au branc
Mais voſtre ranc fut receu de couraige
Sang et argent y laiſſates pour gaige.

Se euſſiez parfait la voſtre intention
Voſtre lyon ne ſe fuſt mis en fuyte
Mais on congnoiſt la voſtre affection
Dinfection pleine dambition
Sans fiction par trahiſon induyte
Mais la pourſuyte en royalle conduyte

v

Fut si bien duite entendu voz fins tours
Quabatue fut lenseigne du grant ours.

Le fin milan apres lours volletoit
Et le suiuoit avec ses milanneaux
Mais les faulcons et sacres quon laschoit
Les esmouuoit de si pres quon veoit
En maint endroit en tomber les plumeaulx
Ours et ourceaulx enseignes penunceaulx
A grans monceaulx et maint Italien
Furent paies au parc sainct iulien.

Trembles traistres a pancee trop couuerte
A gorge ouuerte entonnez voz malheurs
Portes le noir en place descouuerte
La couleur verte est pour vous huy deserte
Vostre deserte et dennuy et de pleurs
Larrons, pileurs tirans et violeurs
En grant douleurs ont tousiours leurs paiemens
Il nest orgueil que de fiers caimans.

Se eussies creu bon frere nicolas
Qui ne fu las dire vostre infortune
La trahison faicte vous neussies pas
Que sans compas vous voulies pas a pas

Faire repas des Francois a la lune
Sans foy aucune y vintes sur la brune
Pour la pecune emporter par effort
En lieu dargent emportastes la mort.

Se nicolas vous dist que vostre orgueil
En peine et deul vous seroit rabatu
Congnoisses donc maintenant a vene deul
En quel recueul vous aue; en acueul
Et a quel venl vous aue; combatu
Bien entendu orgueil vous a rendu
Le residu quil vous volust promettre
Trop grant fierte decoit en fin son maistre.

Peuple couuert, simules Milannois
Qui nulle ennois aue; soub; vostre espere
Vous sourbes voix vous seruent de pauois
Vng temps bien cois mais en vostre patois
Saue; vous lois touchant vostre prospere
Deaire a paire trahison vous apaire
Meschant rapaire aue; pour qui vous plaist
La tonne chaulde au plus meschant complaist.

O Milanois sur tout pese; le temps
Et les itens quant France auie; en bouche

Escus contens amassez sans contens
Comme ientens vous nestiez quescoutans
Et bien doubtans de voir cest escarmouche
Gardez la mouche quau vifz ne vous atouche
Ou de reproche en quoy vostre honneur pince
Villain ne craint que dauoir noble prince.

Seussiez voulu vous montrer gens de cueur
Et de vigueur non par faintes induisses
Vostre liqueur fut muee en rigueur
Contre lerreur de discord et malheur
Chassant lorreur es lignes des Suysses
Vos obeissez convertissez en vices
Non propices a droit et a raison
Vng villain cueur descouure sa trahison.

Milan milan tu changeas de plumaige
Pour faire omage a un ieune corbeau
Ton dommaige est car tel oyseau ramage
Son tient en caige une foys brief ie gaige
Quoyquil langaige il mura de corps beau
En vng chasteau son pere eust du gasteau
Non du chanteau ou la feue fut myse
Garde le bec sil sort a la remise.

viij

A Milannoys nation trop inicque
Faisant la nique a foy et serment
Pys que marrans et turbe iudaïcque
Faulx communicque et bourgoys mecanic que
Teste canicque hurlant traiteusement
Le iugement de voitre finement
Si droit ne ment vous sera importable
A faulces gens malheur est prouffitable.

Ou trouue tu prince plus excellant
Mains insolant que le hault roy de France
Droit resueillant noble preux et vaillant
For bataillant destoc et de taillant
Iuste saillant pour te oster de souffrance
Par oultrance la voulu mettre en France
La demonstrance en as fait assauoir
Se estes pugnys dieu a fait son devoir.

Vous Milannois peuple de dueil transy
Trop endursi a trahison meschante
Par vous meffaitz estes en graut soucy
Sans cas ne cy pour venir a mercy
Dauoir ainsi fait si traicteuse offense
Vostre deffence et crier France France

ix

Pour fans doubtance auoir mifericorde
Trahifon fe met par fainte au col la corde.

As tu tenu au feu; roys foi promife
Qui as main mife faitz fur le crucifix
Certes nanin car faulte y a commife
Mais ta remife en trahifon et faintife
En toute guife entens a mort prefilz
De pere en filz eftez en ce confilz
Mais defconfitz en ferez quon qui tarde
Trop eft mauldit qui foy en fon ne garde.

Vous gens deglife eftez vous gardiens
Cotidiens de foy ne de la paix
Qui pour les biens ferchez tant de moiens
Traifteux liens euidant quon en voie riens
Soubz entretiens de trefors trop efpetz
Sur voz coppetz portes timbres fufpetz
Liffez propez mais foy en eft banye
Sains on vous dit mais certes ie le nye.

Diuin Panna ne foys fi inhumain
Que foubz ta main fe facent tant de maulx
Mais prens pitie du noble fang humain
                              C ij

Qui soir et matin est espandu a plain
En mont et plain de gens mors par monceaux
Comme pourceaulx sont mis en leurs drapeaux
Nuds en leur peaulx et este et yver
Et la clef nas de leur ames sauluer.

Partristes sont pastoureaux sans brebis
Clercs sans abis prestes sans breuiaire
Chasteaux sans tours granges sans fourages
Bourcz sans logis desclos sans nulz palis
Chambres sans litz estables sans litiere
Guerre fiere ne luy chault ou et fiere
Por metre en biere a monceaulx longs et cours
Ceulx qui sont huy dhonneur mis en decours.

L'Acteur.

Combien que Dieu ait longtemps attendu
A vous pugnir faulx traistres orgueilleux
Le ieu du fluz nauez pas entendu
Qui vous vanties que pour le residu
Feriez quiter les grans et meruilleux
Se nonobstant voz moiens cauteleux
Et trahisons le noble roy de France

Vous a monſtre que nobleſſe en telʒ ieux
Eſt pour bouter villenie en ſouffrance.

Sy contre droit vous aueʒ combatu
Comme obstineʒ traiſtres malicieux
Tout bien conte ſomme et rabatu
Dieu a voulu que lon ait abaſtu
Voſtre vouloir fauſſaire et vicieux
Regardeʒ bien meſchans gens enuieux
Que vault orgueil et telle oultrecuidance
Contre le roy car certes en tous lieux
Eſt pour bouter villenie en ſouffrance.

Conſidereʒ le cas bien debatu
Quen voʒ pays vous esteʒ ſouffreteux
Et que naueʒ tout vaillant vng feſtu
Sy les princes lauoient conſentu
Onc on ne viſt villains ſy marmiteux
Gardeʒ donc bien que vos faictʒ deſpiteux
Ne ſoient pugnis et du tout mis en trance
Car nobleſſe cela dire ie peux
Eſt pour bouter villenie en ſouffrance.

Prince puiſſant roy ſacre precieux

xij

Du sainct huille que Dieu transmit des cieux
Pour estre esleu par vraye demonstrance
A corriger traistres attedieux
Et pour bouter villenie en souffrance.

Estimologie du nom du noble
roy Francoys premier de ce nom.

Foy fut en toy noble roy des Francoys
Force et vigueur donnas a tes amys,
Fiance en Dieu tu euz ie le congnoys
Fureur de veoir tes traistres ennemys
Fortune ta en triumphe heur mis
Felicite tu as de ta victoire
Faueur de Dieu sy ta seiour transmis
Faculte dauoir honneur et gloire.

Rayson menoit ta royalle noblesse
Resplendissant comme le cler soleil
Roy te monstra en force et en hardiesse
Riche en donnant tu as le nom pareil
Robuste aux coups sans fain et sans sommeil
Resisteur fust aux traistres plains denuye
Recompenseur des vaillans le trauail

Rememorant des trespassez la vie.

Atrampanee ton bon sens gouverna
Amour de Dieu te tenoit en puissance
Ardant desir hault pouuoir te donna
Affection te tint en asseurance
Aliance de tout le sang de France
Acordant fust a ton noble vouloir
Advis prudant te garde de souffrance
Adiuteur fust de ton sens et sauoir.

Noblesse fust par toy mise en honneur
Notablement avec ta compaignye
Nature en toy te monstra de valeur
Nom excellant a ta fleur espanye
Nourriture de noble progenie
Naigne en toy en ioye et en delitz
Naissance a fait ta grande noblesse unic
Narrant le fruit yssu des fleurs de lys.

Charite as a dextre et a senestre
Conseil tu prens des sages et prudens
Conscience en ton cueur si fait naistre
Crainte de Dieu de peur des accidens

Courtois tu es dehors auffi dedans
Confort de ceulx qui ont de toy affaire
Congnoiffant bien que tu es ieune dans
Confiderant ce quil te fault parfaire.

Obediant es a dieu et leglife
Obfervant foy par devot appetit
Opignyon prudente fans faintife
Ouurant le cueur au grant et au petit
Offrant le tien fans faire contredit
Or et argent a traiftres et larrons
Ordonnant droit en iufte et bon efdit
Oudeur de paix pugnyffant les trahifons.

Iuftice en toy fe demonftra excellente
Iufte querelle entretient ton noble heur
Ieuneffe auffi qui en toy neft point lante
Inftruit chafcun a te fervir de cueur
Intelligent tu fuz contre fureur
Introduifant les tiens a hardieffe
Infpire fuz ie le dis fans erreur
Induftrieulx donnant aux bons lyeffe.

Sapience en ce dangereux repas

Soigneur te fist en toute diligence
Solicitant tes gens par bon compas
Soufrant labeur en double intelligence
Soucy auois en lieu de negligence
Sauoir te fist par tes faictz glorieux
Suffisant roy et aussi en substance
Souleil luysant noble victorieux.

Jay grant horreur veoir trahyson resgner
En tant de lieux qui ne fait que corne
Hastiuement pour mouuoir bruit de guerre
Au temps qui court plusieurs nont que disgner
Ne bien uanoir ce nest pas rapiner
Roy duc conte prince tenant grant terre
Journellement trahison si vont querre
Contre bon droit pour mouuoir gros discors
Names picquans les ames et les corps
Iniustement ne font que mal sercheir
Et au dernier de ce soiez recors
Raison fauldra quil en auront le ris chier.

Finis.